波波特和宝宝特

罗宾汉

改编 Patience Clay

插图 Keishart

ISBN: 978-1-954790-15-5

v1.0

罗宾汉在结束十字军东征战斗后，踏上了回家的路。 在路上，他遇到了他的老朋友小约翰。

小约翰告诉他，当理查德国王还在打仗的时候，约翰亲王和他的亲信诺丁汉郡长正在破坏他们的国家。 他们不断提高税收，民众都要饿死了。

而罗宾汉自己的家，洛克斯利庄园也被征收了， 他的
妹妹盖尔不得不住进了教堂的救济院。

罗宾汉非常担心。 他和小约翰急忙跑去见盖尔。当他们到达时，盖尔告诉他们，理查德国王在战斗中被抓住了，需要支付赎金才能救他。

此外，郡长听说罗宾汉要回来了，
在诺丁汉到处张贴通缉令。

罗宾汉把他当士兵的收入捐给了教堂，就离开去了小约翰在舍伍德森林的藏身之处。

为了能有口吃的，
他们开始在森林里去抢劫郡长的收税员，

在城里也抢。

每次抢劫成功后，罗宾汉都把尽可能多的钱还给民众，
因此他变得非常受民众喜欢。

但他知道这不足以永远阻止约翰亲王和郡长的霸权统治，
他需要知道税款的去向。

因此，盖尔决定乔装打扮，去给郡长当仆人。

而郡长是个很糟糕的主人，不仅易怒，还很邋遢，
但盖尔还是坚持下来了。

一天晚上，在一场盛大的宴会后，郡长透露了一个秘密。
诺丁汉所有的税收都将在那周用马车运回伦敦，
而这些钱足以支付理查德国王的赎金并拯救国家！

听完这些，盖尔急忙跑
去舍伍德森林告诉罗宾汉
这个消息。

罗宾汉迅速召集他的绿林好
汉，还制定了一个计划。
到时候马车将会由重兵把
守，如果直接进攻的话结果
会不堪设想。

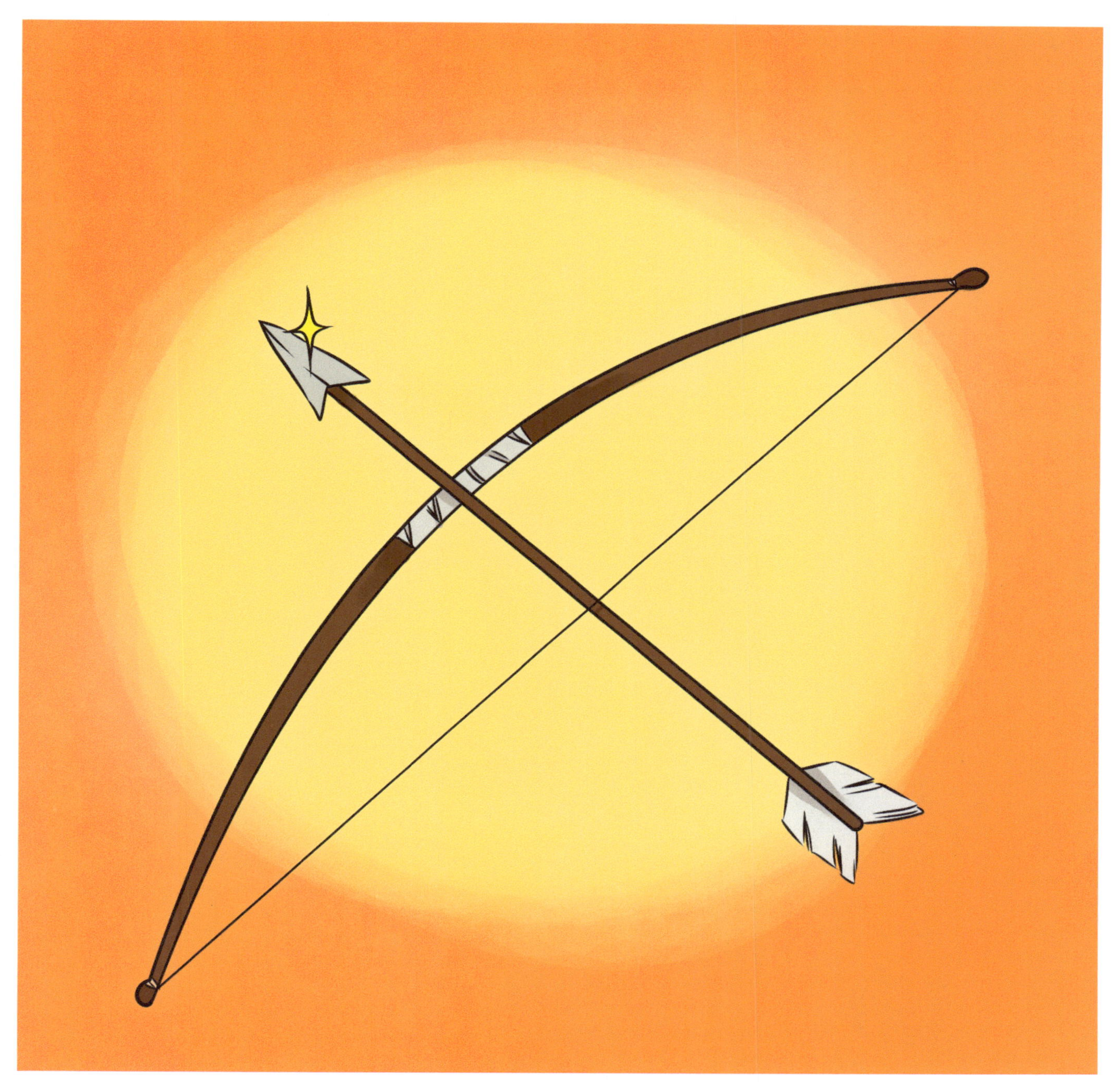

罗宾汉被称为诺丁汉的最好的弓箭手，
而这个计划需要他使出浑身解数才能取得成功。

很快，盖尔，罗宾汉和他们的绿林好汉各就各位，
等待进攻。

当马车经过一座小山时，罗宾汉向马车的轮子中间射了一支特制的箭，箭射进了马车的底部。

就在那时，盖尔和绿林好汉从山的另外一边爬了上去，
在山上弹奏乐器！

他们弹奏的声音很吵，郡长和他的卫兵们都没有听到绑在罗宾汉箭上的小炸弹爆炸的声音。金子开始慢慢地从车厢底部的洞里掉出来。

郡长并不知道发生了什么，驾着马车继续赶路。而罗宾汉、盖尔和绿林好汉偷偷跟在后面，捡着那些偷来的税款。

当郡长在伦敦的时候，理查德国王的赎金已经付了，他马上赶回了王国。

回到王国之后，理查德国王把他的弟弟约翰亲王和郡长
关进了监狱，并把钱还给了民众。

在理查德仁慈的统治下，民众再次感到快乐和富足，
从此以后过上了幸福的生活。

结束

About the Author

Patience Clay is a parent, history, and literature buff. She has always loved the classics and is excited to share the Bopbot & Bowbot twist on these fascinating stories.

About the Illustrator

Keishart is a creative professional in Australia. She is the author and illustrator of "The Farm Journey" and also hosts a YouTube cooking show.

Collect these other great Copper Jungle titles!

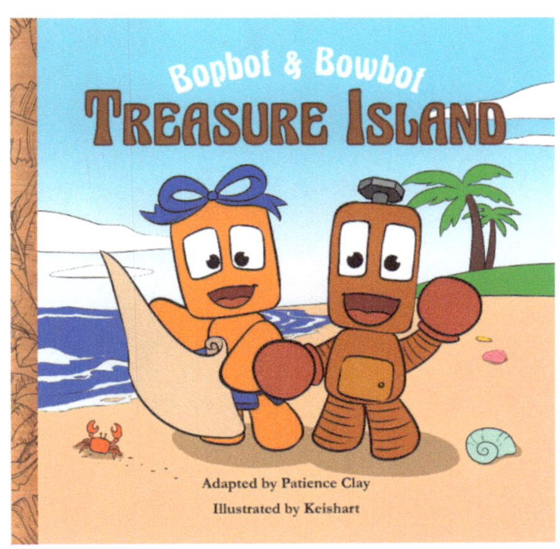

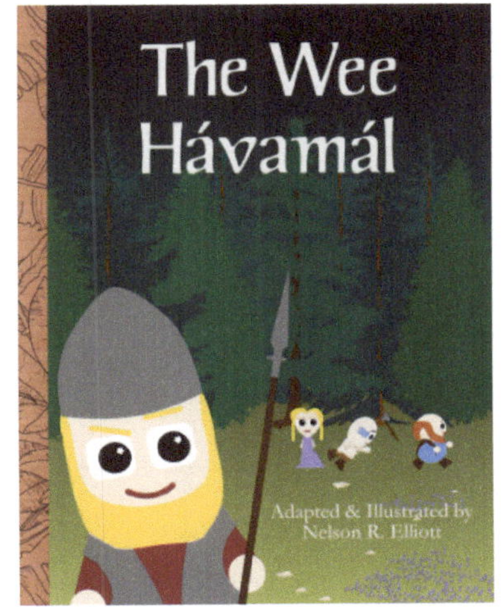